20 cuentos ya LEO

Maravillosos

Edición: Ana Doblado
Ilustraciones: Marifé González
Diseño, realización y cubierta: *delicado diseño*

© SUSAETA EDICIONES, S.A. - Obra colectiva
C/ Campezo, 13 - 28022 Madrid
Tel.: 91 3009100 - Fax: 91 3009118
Impreso y encuadernado en España
www.susaeta.com

20 cuentos

ya LEO

Maravillosos

susaeta

Índice

La Bella y la Bestia

Hace ya muchos años, en Oriente, vivía un rico comerciante cuya hija era tan hermosa y buena que todos la llamaban Bella. Padre e hija vivían muy felices hasta que un día los negocios fracasaron y se encontraron en la miseria.

Durante un viaje, el comerciante cortó una rosa en los jardines de un palacio deshabitado, para llevársela a su hija Bella.

De pronto una bestia gritó con voz ronca:

—¡Insensato! ¿Por qué me robas las flores? ¡Morirás al instante!

—Perdón, señor… —se disculpó el comerciante, muerto de miedo.

—¡Me llamo Bestia! —gritó el monstruo.

—Perdón, señor Bestia. Sólo deseaba llevar una rosa para mi hija Bella. Perdóname la vida y no volveré a hacerlo.

—Sólo podrás salvarte si ella quiere morir en tu lugar —dijo el monstruo, colérico.

13

Un hada del bosque voló a contar todo a Bella y la muchacha fue a palacio.

Cuando Bestia vio aparecer a Bella, se quedó sorprendido y, en vez de hacerla pedazos, la trató con delicadeza y bondad.

—Vengo a ocupar el puesto de mi padre —dijo ella dirigiéndose al monstruo.

Bestia, cautivado por la belleza de la muchacha, aceptó el cambio y dejó marchar a su padre. Decidió no matarla y la dejó en libertad por el inmenso palacio.

Bestia se pasaba las horas observándola. Un día, descubrió que estaba enamorado. Cortó las más bonitas rosas de su jardín, se acercó a Bella y le preguntó con su cara llena de rubor:

—Bella querida, os amo. ¿Queréis ser mi esposa?

Bella no dijo nada; aterrorizada y llena de náuseas le volvió la espalda. El pobre se fue con lágrimas en los ojos.

Desde entonces, todos los días Bestia llevaba un ramo de flores a Bella y le preguntaba si quería ser su esposa. Bella, emocionada ante la insistencia de Bestia, una tarde dijo:

—Bestia, me parece que yo también os quiero a vos, a pesar de que sois tan feo. Acepto ser vuestra esposa.

De repente sucedió un milagro: Bestia se transformó en un fuerte y apuesto príncipe. Bella había salvado a Bestia.

Los dos enamorados se fundieron en un abrazo larguísimo. Y, como es natural, se casaron y fueron muy felices.

El lobo y los siete cabritillos

Mamá cabra vivía con sus siete cabritos en una casita de campo en medio del bosque. Todos los cabritos eran muy guapos y listos. Antes de ir al colegio, mamá cabra los lavaba y peinaba y al despedirlos con un beso, les decía:

—Hijos míos, estudiad
mucho para llegar a ser
cabritillos de provecho.
—¡Sí, mamá!
—respondían a coro.
Un día mamá
tenía que ir de
compras y les dijo:
—Hijos, no
abráis la puerta
a nadie. Tened
mucho cuidado
con el lobo,
que pretende
devoraros; tiene
la voz muy
ronca y las
pezuñas negras.

Cuando mamá cabra se marchó, los cabritillos cerraron bien la casita. Pero al poco tiempo llamaron a la puerta:

—¡Abrid pronto, que soy vuestra madre!

El mayor de los cabritillos contestó:

—Tú eres el lobo, porque mamá tiene la voz dulce y la tuya es ronca. ¡Márchate!

El lobo fue a la farmacia y compró pastillas para aclarar la voz. Volvió a la casa.

—¡Abrid, hijitos míos —dijo esta vez con una dulce voz—, soy vuestra madre!

El más pequeño, que era muy listo, gritó:

—¡Enséñanos las patas!

El lobo asomó su pata negra.

—¡No te abrimos, malo, que tú eres el lobo! —gritaron los cabritillos—. Mamá tiene las patitas blancas.

El lobo, encolerizado, fue
a la panadería y se puso las patas
blancas, cubiertas de harina.

—Hijitos míos —llamó con
voz suave—, soy mamá.

—Antes enséñanos tus
patitas —dijeron los cabritillos.

Enseñó el lobo sus pezuñas por
el agujero de la puerta. Eran tan blancas
que los cabritillos creyeron que era su mamá
y abrieron la puerta. ¡Qué susto se llevaron
cuando vieron entrar al lobo!

Uno se metió debajo de la mesa, otro
debajo de la cama, otro dentro del horno
apagado y el más pequeño se escondió
en la caja del reloj de cuco. Pero el astuto
lobo se los comió a todos. Sólo se salvó
el más pequeño, escondido en el reloj.

Tanto comió la fiera, que sintió un profundo sueño y se quedó dormido.

Cuando mamá cabra entró en la casa y comenzó a llamar a los cabritillos, sólo el pequeño contestó:

—¡Mamaíta, estoy aquí, dentro del reloj! ¡El lobo se los ha comido a todos!

Mamá cabra y el cabritillo se fueron en busca del lobo para castigarlo.

Enseguida lo encontraron roncando a la sombra de un árbol.

Mamá cabra abrió con un cuchillo el vientre del lobo y todos los cabritillos salieron vivos y saltando de alegría.

—Traedme seis piedras gordas —les dijo mamá cabra—. Las pondré en vuestro lugar para que el lobo no note su barriga vacía.

Los cabritillos trajeron las piedras y mamá cabra las metió en el vientre del lobo, cosiéndolo después.

Al rato, el lobo se despertó con mucha sed y fue al río. Estiró el pescuezo para beber agua, pero el peso de las piedras lo arrastró y cayó de cabeza al río.

El lobo murió ahogado mientras mamá cabra y sus hijitos volvían a casa felices.

La herencia de Juan

Era un joven campesino llamado Juan, cuyo padre era tan pobre que al morir sólo le dejó un gato.

—¿Y para qué quiero yo un gato? —se preguntó el muchacho.

—Puedo servirte de mucho, mi amo —le dijo el gato—; no me abandones. Haremos fortuna juntos.

Se pusieron en camino y, cuando habían recorrido un buen trecho, vieron cruzar por el bosque un hermoso ciervo.

—Tengo una idea —dijo el gato—. Llevaremos el ciervo al rey y le diremos que es un pequeño obsequio.

El gato llegó junto al ciervo y se encaramó entre los cuernos diciéndole:

—¡Si no te vienes al palacio del rey, te saco los ojos!

Y el ciervo le siguió.

En palacio, el joven dijo a los guardianes:

—Traigo este modesto obsequio para su majestad.

El rey, encantado con el regalo, preguntó:

—¿Quién me envía este presente?

—El caballero Juan, majestad —respondió el muchacho.

El rey entregó al joven algún dinero y le encargó que diera las gracias a su señor.

Día tras día fueron regalándole un reno, un alce… El rey le dijo por fin:

—¡Ardo en deseos de conocer al caballero Juan! Decidle que me visite.

El gato le trajo a Juan una carroza con un vestuario completo de príncipe.

—¡Vístete y vete a ver al rey! —le dijo el gato—. Pero veas lo que veas en palacio, tú di siempre que tienes mejores cosas en el tuyo. Y así lo hizo.

El rey le enseñó su palacio, y Juan decía
continuamente que el suyo era aún mejor.
Molesto ya el rey, al despedirle exclamó:

—Iré a tu palacio y veré si es verdad.
¡Mal lo vas a pasar si es falso!

Un día recogió Juan al rey y la comitiva se puso en marcha guiada por el gato. El caballero Juan afirmaba que todo cuanto veía era suyo. El gato se adelantó y dijo al pastor, al vaquero y al cuidador de caballos que si el rey les preguntaba dijeran que todo era del caballero Juan; a cambio les dio unas monedas. Y así lo hicieron.

Siguieron hasta llegar a un castillo. El gato hizo una señal a Juan y éste dijo:

—Majestad, he aquí mi palacio. Entremos.

El interior estaba repleto de salones lujosísimos. Comieron en el fastuoso comedor manjares exquisitos. Pero entonces llegó al castillo su dueño, que no era otro que un malvado ogro.

El gato le amenazó con sacarle los ojos con sus uñas si abría la puerta. Así, el gato condujo al ogro hasta una trampa en el bosque, donde cayó para no salir más.

Al final del banquete, el rey dijo a Juan:

—Sois el hombre más rico que conozco. Os concedo la mano de mi hija la princesa.

Pocos días después se celebró la boda del caballero Juan y la bella princesita, que fueron muy felices. Y el gato también fue muy feliz, gozando del cariño y el agradecimiento de su amo Juan.

Nicolasín y Nicolasón

Había una vez dos campesinos que eran vecinos: Nicolasín era pobre y sólo tenía un caballo, y Nicolasón poseía cuatro. Durante la semana, se turnaban para arar con los cinco caballos; pero un día Nicolasín pegó a uno de los caballos de Nicolasón, y éste se enfadó tanto que golpeó y mató al caballo de Nicolasín.

El pobre Nicolasín quitó la piel al animal y fue a venderla al mercado.

Por el camino se desató una tormenta
y pidió refugio en una casa. La dueña no
le dejó entrar porque no estaba su marido.
Nicolasín se fue al pajar. Por unas rendijas
entraba luz y desde allí vio a la granjera
y a un cura. Al oír los pasos del marido,
que odiaba a los curas, la mujer dijo
a su hermano el cura que se escondiese en
el arcón con
la cena.

El granjero vio a Nicolasín en el pajar
y le invitó a entrar a cenar con él. La mujer
les sirvió una sopa aguada. Nicolasín dijo:

—En este saco llevo un duende y dice
que la cena buena está en el arcón.

La mujer no tuvo más remedio que
sacarla. El granjero pidió a Nicolasín que
su duende le enseñase al diablo, y éste
fingió hablar con el duende del saco y
señaló el arcón con el diablo vestido de cura.

El granjero reconoció al pillo de su
cuñado y ofreció una bolsa de oro a
Nicolasín si tiraba al río el arcón y al diablo.

Cerca del río, el cura le dio a Nicolasín otra bolsa de oro para escapar. Nicolasín regresó al pueblo y dijo a Nicolasón que le habían pagado eso por la piel del caballo.

Nicolasón mató a sus cuatro caballos y con las pieles fue al mercado, pero la gente se rió de él. Muy enfadado, Nicolasón metió a Nicolasín en un saco para tirarlo al río.

Al llegar a una posada, dejó el saco en la puerta. Un viejo se acercó y al oír a Nicolasín quejarse dentro del saco, se cambió por él, pues deseaba morir, y Nicolasín se salvó.

El músico maravilloso

En un lejano país había un músico que tocaba muy bien el violín.

Un día, en un bosque, se dio cuenta de que ya se iba haciendo viejo y decidió buscarse un compañero. Se detuvo y, para distraer las penas, se puso a tocar el violín.

Atraído por la dulce música llegó un lobo.

—¡Qué bien tocas! ¿Por qué no me enseñas? —dijo el lobo.

—Aprenderás si haces lo que yo te diga.

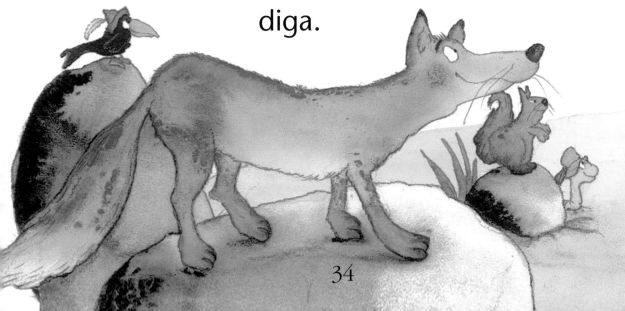

El músico le llevó
a un viejo roble, en
cuyo tronco había
una grieta, y le dijo: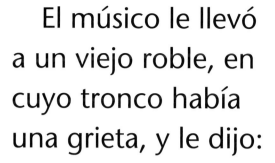

—Si de verdad deseas
aprender a tocar el violín,
mete tu pata en esta grieta.

Obedeció el lobo y
entonces el músico le
aprisionó con una piedra.
Luego se alejó.

Más allá, tocó
el músico su violín
y acudió una zorra.

—¡Qué linda música! —exclamó
el animal—. ¿Me enseñas a tocar el violín?

—Aprenderás enseguida —respondió
el músico—, si haces lo que yo te diga.

La zorra siguió al violinista hasta un
arbusto y allí el músico la ató a una rama.

Un poco más adelante, el músico se
detuvo de nuevo y volvió a tocar el violín;
no tardó en aparecer una liebre.

Sucedió lo mismo y el violinista ató
a la liebre al tronco de un árbol.

Siguiendo el camino, el músico tocó
de nuevo el violín y esta vez, atraído por
la música, se acercó un cazador y lo elogió.

—Tocar bien un instrumento musical es
privilegio del hombre —dijo el violinista.

Mientras, el lobo, la zorra y la liebre
lograron soltarse y fueron tras el músico.

El cazador, al ver acercarse a aquellos animales, les apuntó con la escopeta y ellos huyeron.

Y cuenta la leyenda que el violinista y el cazador se hicieron amigos y recorrieron juntos el mundo.

La vaca Paloma

Entre los campesinos es muy conocida esta historia de un muchacho llamado Juan, a quien su padre envió a casa del señor marqués para venderle la única vaca que tenían, que se llamaba Paloma. Necesitaban venderla para pagar las medicinas que el médico había recetado a su madre enferma.

Iba Juan con la vaca por el camino, él lleno de pena, pero ella tan tranquila mordiendo la hierba.

—¡Vamos, Paloma! —le decía el niño, tirando de la soga.

Pero la vaca cada vez andaba más despacio. Se daba cuenta de que aquél no era el camino que todos los días seguían para ir a los prados y la vaca Paloma no quería andar.

De pronto, apareció un anciano vestido de labrador, pero que en realidad era el marqués, dueño de todas aquellas tierras.

—¿Qué te sucede con la vaca? —dijo.

Juan le contó la tristeza que tenía por separarse de la vaca tan querida.

—Y encima —se quejaba Juan—, tendré que tratar con el malvado administrador del marqués, que me robará en el precio.

El marqués dio un poco de sal a la vaca y ésta comenzó a andar, obediente.

Se alejó el marqués y ya en su palacio dijo al administrador:

—Cuando llegue un niño a vender su vaca, dale esta propina.

Al poco llegó Juan con su vaca.

Y, como había temido,
el administrador
le entregó menos
dinero del acordado.

Salió entonces
el marqués y
preguntó al
administrador:

—¿Entregaste a este muchacho
las veinte monedas que te di para él?

El administrador se avergonzó.

—¡Abandona para siempre este palacio!
—le gritó el marqués—. No eres digno
de administrar mis propiedades.

Y el marqués nombró administrador
de sus bienes al padre de Juan y devolvió
la vaca Paloma al muchacho, acabando
así las penas de la familia.

Alí Babá y los cuarenta ladrones

Cuenta una leyenda que en el Lejano Oriente vivían dos hermanos llamados Casín y Alí Babá. Casín se casó con una viuda rica y abrió una tienda.

Alí Babá se casó con una muchacha pobre y se ganaba la vida llevando leña.

Un día estaba cortando leña en el bosque Alí Babá y oyó que se acercaba un grupo de hombres a caballo. Se ocultó y con gran sorpresa vio que el jefe se apartó de los demás y gritó frente a una gran roca:

—¡Ábrete, Sésamo!

Y la roca giró dando entrada a una cueva. Uno a uno, fueron pasando todos. Alí Babá los contó: eran cuarenta. Cuando entraron todos, el jefe volvió a gritar:

—¡Sésamo, ciérrate!

Y la roca giró en sentido contrario, cerrando la cueva. Alí Babá creyó que estaba soñando. Al poco rato la roca volvió a girar y salieron los hombres. El jefe gritó de nuevo «¡Sésamo, ciérrate!» y la cueva se cerró. Ellos se alejaron al galope.

Alí Babá se puso frente a la roca y gritó:
—¡Ábrete, Sésamo!

Su sorpresa fue enorme al ver que la roca giraba y se abría la cueva. Con miedo Alí Babá entró en ella y quedó asombrado. Había muchas riquezas: cofres llenos de piedras preciosas, baúles y sacos con monedas de oro, joyas, alfombras y mucho más. Alí Babá pensó que los cuarenta hombres eran ladrones que guardaban allí lo robado.

No pudo resistir la tentación y Alí Babá metió sus asnos y los cargó con parte del tesoro. Cuando salió de la cueva gritó:

—¡Sésamo, ciérrate!

Y la roca giró y tapó la entrada.

Al regresar a su casa con semejante fortuna, explicó a su mujer lo que había sucedido y ella se puso loca de contenta.

Alí Babá se lo contó también a su hermano Casín, pues no tenía secretos para él.

Cuando Casín relató a su mujer la historia, ella convenció al marido para que fuera también a la cueva. Casín llevó diez mulas. Llegó a la cueva, dijo las palabras mágicas y se abrió. Cargó Casín sus mulas, pero cuando iba a salir se olvidó de las palabras mágicas. Gritó desesperado, pero la roca no giró y no pudo salir.

Viendo que Casín no regresaba, su esposa corrió a casa de Alí Babá. Éste marchó veloz a la cueva, dijo las palabras y se abrió.

Pero lo que vio le llenó de espanto. Su hermano había sido asesinado, las mulas estaban solas y no quedaba nada del tesoro. Cargó a su hermano en una mula y regresó a su casa.

Para que nadie se enterara, Alí Babá llamó a su esclava, que era la mujer más astuta de la ciudad, y le pidió ayuda. Ésta pidió a un amigo zapatero que cosiera las heridas del cadáver de Casín y le dio unas monedas para que guardara silencio. Luego fue a la farmacia y comentó que Casín estaba enfermo.

Así al día siguiente, cuando se supo
la muerte de Casín, a nadie le extrañó.
Mientras tanto, los ladrones volvieron a
la cueva y no hallaron el cuerpo de Casín.
Decidieron averiguar quién había entrado
y conocía su secreto, para darle muerte.

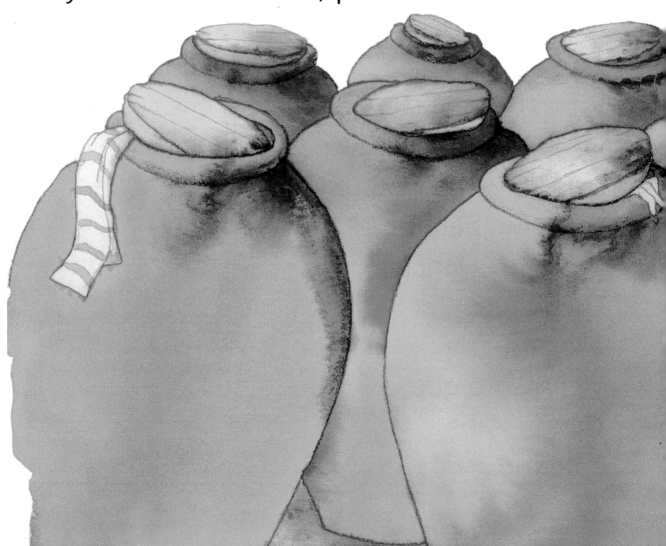

El jefe de los ladrones conocía
al zapatero y por casualidad descubrió lo
ocurrido. El ladrón le obligó a indicarle dónde
vivía Alí Babá y les dijo a sus ladrones:

—Me vestiré de mercader y llevaré
cuarenta tinajas a esa casa, una de ellas
tendrá aceite y las restantes os llevarán
a vosotros dentro.

Dicho y hecho. Aquella noche el jefe de los ladrones llegó a la casa de Alí Babá ofrecerle aceite.

—Os lo agradezco —dijo Alí Babá—, pero no necesito aceite.

—Dejadnos pasar la noche aquí —pidió.

Alí Babá aceptó e hizo colocar las tinajas en el patio.

Más tarde, la esclava necesitó aceite para su lámpara, pero no lo halló en la cocina y decidió sacarlo de una de las tinajas. Al acercarse a una tinaja, quiso ver si estaba llena, dio un golpecito y ¡qué susto! De dentro salió una voz que dijo:

—¿Ya es la hora?

Como era muy lista, la muchacha comprendió lo que ocurría y respondió:

—No, todavía no, esperad.

Hizo lo mismo con las demás tinajas, y vio que en todas, menos en una, había oculto un bandido. Y tuvo una idea: puso al fuego la tinaja de aceite y lo echó hirviendo sobre los ladrones.

A medianoche, cuando todos dormían, el falso mercader se acercó a las tinajas y halló a todos sus hombres muertos. Quiso huir, pero la esclava había avisado a Alí Babá y éste lo detuvo con ayuda de sus vecinos. Le hicieron confesar dónde estaba el tesoro de la cueva y lo repartieron entre los pobres.

El doctor Sabelotodo

É rase una vez un leñador llamado Cangrejo que vivía pobremente. Un día sintió un fuerte dolor de espalda y como no podía mover el hacha, fue a un doctor.

El médico vivía en una casa lujosa, muy distinta de la pobre cabaña del leñador. Éste pensó que si fuera médico, podría comer y vivir bien, y preguntó al doctor cómo hacerse médico.

—Es muy fácil —dijo éste en broma—. Te compras un abecedario, encargas un par de trajes y pones un letrero que diga: «Doctor Sabelotodo». Y a esperar clientes.

Cangrejo, que no entendió la broma,
vendió su mula y con el dinero compró el
abecedario, dos buenos trajes y una bata
blanca; explicó todo a su mujer y puso en
su puerta el letrero «Doctor Sabelotodo».

A los pocos días llegó un señor preguntando por el doctor Sabelotodo.

—Me han robado mi dinero y quiero saber quién ha sido —dijo el cliente.

—Yo haré que recuperéis vuestro dinero. Por eso soy el doctor Sabelotodo.

Y el cliente los invitó a él y a su mujer a comer en su mansión.

Cuando apareció el primer criado con ricos manjares, Cangrejo dijo a su mujer:

—¡Ya llega el primero!

El leñador se refería al primer plato, pero el criado, que era uno de los ladrones, creyó que lo decía por él, y avisó a los otros.

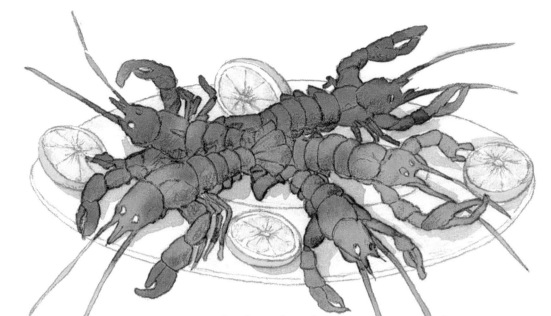

—¡Estamos perdidos! El doctor sabe que nosotros hemos robado el dinero: ¡le ha dicho a su mujer que yo era el primero!

Cuando apareció el segundo criado con nuevos platos, Cangrejo dijo a su mujer:

—¡Ya llega el segundo!

El criado volvió a la cocina asustado. Y lo mismo sucedió con el tercer criado. El amo pidió al doctor Sabelotodo que adivinara lo que el cuarto criado traía en la fuente.

—¡Pobre Cangrejo, estás perdido! —dijo él para sí.

Y como eran cangrejos lo que había en la fuente, el criado llamó al falso doctor a la cocina y los ladrones le confesaron que eran autores del robo. Le dijeron que estaban arrepentidos y pensaban devolver el dinero y le ofrecieron una recompensa si no decía nada a su amo.

El doctor aceptó y los ladrones le enseñaron dónde ocultaban el dinero.

Volvió Cangrejo al comedor y sentándose dijo:

—Voy a leer en mi abecedario dónde está el dinero robado. Y sacó su libro, hojeó las páginas y por fin dijo al caballero el sitio donde estaba el dinero.

El doctor Sabelotodo recibió del
dueño una gran recompensa, y otra
de los criados por no haberles delatado.
De esta forma, el leñador se hizo rico
y no tuvo ya necesidad de ir al bosque
a cortar leña nunca más. Su mujer
y él vivieron felices y descansados.

La dama y el león

En un lejano país, un rico mercader tuvo que hacer un largo viaje y antes de partir preguntó a cada una de sus hijas qué regalo querían que les trajese. La mayor contestó que un collar de perlas; la segunda dijo que prefería un anillo de diamantes, y la menor, tras pensarlo unos instantes, respondió:

—A mí me gustaría que me trajeras una bonita rosa.

Pasaron unos meses y llegó para el mercader la hora del regreso.

Compró el collar y el
anillo para las dos hijas
mayores; pero como era
invierno no
encontró
una rosa
para su
hija más
pequeña.

Pensando en esto, pasó con su carruaje por delante de un castillo, en cuyo jardín crecían una rosas hermosísimas. Ordenó a uno de sus criados cortar una y, cuando iba a proseguir el viaje, salió un fiero león.

—¡Morirá devorado por mí el que cortó esta rosa de mi jardín!

El comerciante rogó que le perdonara y el león dijo:

—Deberás darme a cambio de tu vida lo primero que te salga al paso al volver a casa.

Aceptó el mercader.

Pero cuando estaba llegando a su casa, su hija menor salió corriendo a recibirle y besarle.

El padre se echó a llorar y dijo:

—He prometido
darte a un león,
que te devorará.

Contó lo sucedido y ella dijo:

—Papá, debes cumplir lo
prometido. Iré a ver al león e
intentaré convencerle de que no me coma.

A la mañana siguiente, muy valerosa,
la hija menor fue al castillo del fiero león.

Pero el león era un príncipe encantado.
Durante el día tenía esa forma animal y
por la noche volvía a ser él. Como la joven
llegó al castillo de noche, el príncipe la
recibió muy bien. En pocos días se casaron.

Pasó el tiempo y la hermana mayor les
invitó a su boda. El príncipe accedió a ir,
pero avisó a su esposa:

—No puede darme la luz del sol, porque me convertiría en paloma.

Pero en el salón de bodas entró un rayo de sol que le dio en la cara y el príncipe pasó a ser una paloma. La princesa se echó a llorar y la paloma dijo volando:

—Dejaré caer plumas para indicarte el camino que sigo.

La princesa siguió a la paloma por el camino que marcaban las plumitas blancas. Pero un día no encontró plumas ni vio a la paloma. Miró al Sol y le preguntó entre sollozos:

—¿No has visto a la palomita?

—No la he visto —dijo el Sol—. Pero toma esta cajita que sólo debes abrir cuando lo necesites.

Por la noche, repitió la misma pregunta a la Luna.

—No la he visto —dijo la Luna—. Pero toma este huevo que sólo debes romper cuando te halles en un gran apuro.

La triste princesa le
preguntó al viento y éste dijo:

—Sí, la vi sobre el mar Rojo,
pero se hizo león y le
atacó un dragón.

La princesa llegó al
mar Rojo, donde
luchaban el león y el dragón.
Abrió su cajita y pidió que el león matara
al dragón y recobrara su figura de
príncipe. Así fue. Pero el dragón muerto
se convirtió en una bella princesa, que
abrazó al príncipe, y él perdió la memoria.

Nuestra heroína sacó el huevo de la
Luna y lo rompió deseando que su esposo
se acordara de ella. Y el príncipe volvió
junto a ella para abrazarla y vivir felices.

Las dos palomas

En un palomar había dos palomas que eran muy amigas. Siempre estaban juntas contándose sus cosas.

Un día, una de ellas le dijo a la otra:

—Hoy mismo me iré a recorrer mundo. Debe de haber muchas cosas bonitas lejos de este palomar que me estoy perdiendo.

Su compañera le contestó:

—¿Estás loca? Aquí tienes comida y casa. Además, en cuanto salgas, algún águila o buitre te atrapará.

Pero la paloma aventurera tenía tantos deseos de volar y ver mundo que se despidió de su amiga:

—No te preocupes. En tres días estaré de vuelta y te contaré todo lo que he visto.

Nada más abandonar el palomar estalló una tormenta que la caló hasta los huesos. Suerte que vio un árbol y allí se refugió.

Al día siguiente, emprendió el vuelo de nuevo. En un prado vio a un pichón que comía granos de trigo, se acercó porque tenía hambre y cayó presa en una red. Con sus alas y el pico, hizo un agujero y escapó, pero perdió varias plumas.

Al poco rato un buitre se dirigió a ella. Menos mal que un águila se lanzó hacia él y la paloma quedó libre, aunque asustada.

Decidió entonces refugiarse en un bosque, pero un niño travieso empezó a tirarle piedras con su tirachinas.

Aquella tarde, la paloma viajera y aventurera regresó a su querido palomar herida y aterrorizada por todo aquello que había vivido y visto fuera de él. Prometió no separarse jamás de su amiga y no ser tan curiosa.

El enano Barabay

Cuentan de un molinero que se pasaba el día hablando bien de su hija. Y con razón, porque la joven era bella y muy habilidosa.

Cierto día, el buen molinero dijo exagerando delante del rey:

—Mi hija es capaz de hilar paja y convertirla en hilos de oro.

El monarca, que era desconfiado, mandó llamar a la muchacha para verlo.

—Mira —dijo el rey, llevando a la joven a un cuarto lleno de paja—. Si mañana al amanecer no has convertido esta paja en hilos de oro, morirás.

Cuando estuvo sola la pobre se sintió muy triste porque no podía hacer ese milagro. Llorando se lamentó:

—¿Por qué se le habrá ocurrido a mi pobre padre mentir?

De pronto, apareció un enano y le dijo:

—¿Qué me darás si te ayudo?

—Te daré mi collar —dijo la muchacha.

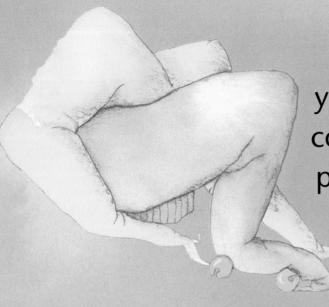

El enano aceptó
y se puso a hilar
convirtiendo toda la
paja en hilos de oro.
A la mañana
siguiente el rey
lo vio y quedó
maravillado. Llevó a la muchacha a otra
habitación repleta de paja y le ordenó que
también la convirtiera en oro.

Y sucedió como la noche anterior. Por
un anillo que le entregó la joven al enano,
éste hizo el trabajo.

—¡Asombroso! —exclamó el rey. Y llevó
a la joven a un tercer cuarto lleno de
paja—. Si mañana encuentro lo mismo
que ayer y hoy, te haré mi esposa. Si no…
ya sabes, ordenaré que te maten.

Un rato después el enano se presentó para seguir su faena, pero la joven dijo:

—Ya no me queda nada que darte, enanito.

—Me darás tu primer hijo cuando seas reina.

—Conforme —dijo ella, pensando que el rey no cumpliría su promesa.

73

Pero cuando el rey vio aquellas riquezas decidió casarse con la hija del molinero. Al año, la joven reina tuvo su primer hijo.

Enseguida fue el enano a reclamarlo. La reina le ofreció todo su oro, pero el enano sólo deseaba el niño.

—Te doy tres días para que aciertes mi nombre. Si no, me llevaré a tu hijo.

La primera noche la muchacha le dijo al enano los nombres más raros, pero no acertó. La segunda noche dijo los nombres más comunes, pero tampoco acertó.

La reina, angustiada, envió un paje para que investigase. Volvió diciendo que había visto un enanito cantando «Hoy está triste la reina, ¡ay, ay! Tendrá que dar su bebé al enano Barabay».

—¡Qué alegría! —dijo la reina—. Ya sé su nombre.

Y se lo dijo al enano. Al oírlo, el enano saltó y desapareció.

Desde entonces la reina vivió feliz con su familia, y su padre no mintió más.

Las alforjas encantadas

É rase una vez un pobre campesino que se había casado con una mujer muy bruta y siempre estaban riñendo. Ella sólo estaba contenta cuando su marido le traía para cocinar buenas piezas de caza. Así que el desdichado se pasaba el día cazando pájaros y conejos.

Un día atrapó una grulla con uno de sus lazos.

El ave, con voz lastimera, le miró a los ojos y le dijo:

—Déjame vivir en libertad, buen hombre. Algún día te devolveré el favor.

Compadecido, el campesino soltó a la grulla y regresó a casa sin nada para la cena. La mujer le insultó y le obligó a dormir en el patio.

Al amanecer, el buen hombre salió al campo otra vez y, cuando preparaba las trampas para cazar, vio acercarse a la grulla del día anterior con unas alforjas en el pico.

—Ayer me diste la libertad —le dijo la grulla— y yo te regalo estas alforjas mágicas. Mira cómo funcionan. Sólo tienes que decir esto: «¡Los dos fuera!».

Al oír la orden saltaron de las
alforjas dos jóvenes que pusieron
en un santiamén una mesa llena
de los más exquisitos manjares.
El campesino se hartó de
comer y la grulla ordenó:

—¡Los dos dentro!

Jóvenes, mesa y manjares
desaparecieron por arte de
magia. Entonces la grulla dijo:

—Llévaselas a tu mujer
y la tendrás siempre
contenta.

Dio el hombre las gracias a la bondadosa grulla y se encaminó a su hogar con las alforjas. Pero antes de llegar se detuvo en casa de su madrina.

—Vengo a invitarte a un suculento banquete —le dijo.

Puso las alforjas en el suelo y gritó:

—¡Los dos fuera!

Salieron de inmediato los dos jóvenes y prepararon una mesa con ricos manjares.

La madrina y sus hijos comieron cuanto quisieron. Después el campesino ordenó a los dos jóvenes que desaparecieran y así lo hicieron, llevando con ellos la mesa. La madrina deseó hacerse con las alforjas y le dijo a su ahijado que descansara un rato. El campesino aceptó y mientras dormía, la madrina y sus hijas hicieron unas alforjas iguales y cogieron las suyas. Cuando el hombre se despertó, recogió las alforjas y se dirigió a su casa.

—¡Felicítame por el regalo que me ha hecho la grulla! —dijo a su mujer.

—¿Pero qué tonterías dices? —le gritó su mujer con la escoba en la mano.

—¡No, espera! ¡Los dos fuera!

Pero nadie salió de las alforjas. Y la mujer, furiosa, le insultó como siempre.

El hombre buscó a la grulla para pedirle otras.

La grulla le dio nuevas alforjas y en el camino las probó. Las soltó y dijo «¡Los dos fuera!». Al instante salieron dos robustos jóvenes armados con garrotes, que le golpearon y dijeron:

—¡Por dejarte engañar por tu madrina!

El campesino gritó «¡Los dos dentro!» y los dos jóvenes desaparecieron. El hombre se dirigió entonces a casa de su madrina.

—Déjame dormir un poco, que estoy cansado —le dijo soltando las alforjas.

Cuando el hombre se fue a dormir, la madrina gritó «¡Los dos fuera!». Salieron los dos jóvenes con garrotes y golpearon a la madrina y sus hijas mientras gritaban:

—¡Devolvedle las alforjas que cogisteis!

Cuando sacaron las alforjas, el hombre dijo «¡Los dos dentro!» y desaparecieron.

Tomó el campesino las dos alforjas y se fue a su casa. Al entrar exclamó «¡Los dos fuera!». Al instante salieron de una de las alforjas dos jóvenes que llenaron la mesa con ricos manjares.

La mujer comió y se volvió muy cariñosa. El campesino escondió las alforjas buenas y dejó en el suelo las otras. Al rato la curiosa mujer quiso probarlas y ordenó «¡Los dos fuera!». Salieron entonces los jóvenes de los garrotes y la golpearon mientras decían:

—¡No vuelvas a maltratar a tu marido!

Desde entonces la mujer fue muy dulce con el campesino.

La margarita y la alondra

En el campo, junto a un camino, brotó una margarita rodeada de hierba.

—¡Qué suerte tengo! —decía—. Puedo respirar este aire tan limpio y recibir los rayos del sol que me hacen crecer.

Al otro lado del camino, había un jardín maravilloso, que era cuidado con entusiasmo por un experto jardinero.

Dentro del jardín había flores preciosas, de todos los tamaños y colores: tulipanes, rosas, lirios… Pero se pasaban el día peleando y protestando.

Cada
una de ellas se
creía superior a las demás. No eran felices,
a pesar de que tenían de todo.

Un día, una alondra se detuvo junto a
la margarita y alabó su belleza y la acarició
con su pico. Ella estaba emocionada.
Las flores del jardín la envidiaban.

De pronto, apareció en el jardín una
niña con unas tijeras, se acercó a las rosas
y otras flores y las fue cortando.
La margarita sintió pena por ellas.

Al día siguiente oyó a la alondra, pero cantaba triste porque estaba en una jaula y no podía volar; unos niños la habían cogido. El pajarillo lloraba porque había perdido su libertad y tenía sed. La margarita se estiró y alcanzó la jaula. Consoló a la alondra, que la besó con cariño.

Un día después, llegaron los niños y lloraron al ver que la alondra había muerto.

«Cuando la alondra vivía, le quitaron su libertad y no la cuidaron. Ahora que está muerta lloran por ella», pensó la flor.

Después los niños vaciaron la jaula y cogieron y tiraron la margarita al camino.

El burrito que quiso ser ladrón

Burrito era feliz en su aldea, donde tenía una casita y un huerto. Le gustaba tomar el sol en invierno y cubrirse con la sombra de su parra en verano. Sólo una cosa no le agradaba: trabajar.

Un día, mientras cavaba en su huerto, encontró un objeto extraño: era una vieja pistola oxidada que no servía para nada.

«¡Vaya una cosa! Mejor hubiera sido encontrar un tesoro», pensó.

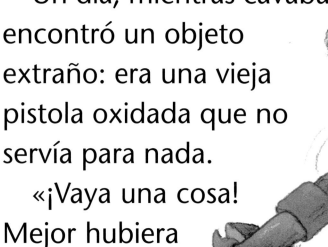

Burrito quería vivir sin
trabajar el resto de sus días.
Por eso se le ocurrió una idea genial:

—Con esta vieja pistola me haré ladrón.
Esperaré escondido a mis vecinos, y
cuando me vean así armado les robaré.

Burrito se escondió con su pistola junto
al camino. Y pasó su vecino Perro Pachón.

—¡Alto, don Perro! —gritó Burrito con la
pistola en mano—. ¡La bolsa o la vida!

—¿Es que te has vuelto loco, vecino?
¿Robarme a mí? ¡Ahora verás!

Y Perro Pachón le dio a Burrito dos
buenos mordiscos y siguió su camino.

—Debo elegir mejor a mis víctimas
—pensó Burrito mientras se alejaba.

Y volvió a esconderse, esta vez detrás
del corral del ganso, y se puso a esperar.

Poco después pasó por allí Gallina
Clueca y la apuntó con la pistola.
La gallina se asustó y comenzó a gritar:

—¡Socorro, socorro, que me roban!

Las puertas de las casas se abrieron y
salieron el gallo, el cerdo, el pavo, el
ciervo y muchos vecinos con garrotes.
Tan maltratado se vio Burrito que esto le
sirvió de escarmiento.

—¿Por qué dejaría yo
de cultivar mi huerto,
con lo feliz que era?
¡Qué arrepentido
estoy! —se lamentó.
Y desde entonces
Burrito vivió feliz en
su casita trabajando
en el huerto.

Los ratones, el cuervo y el zorro

É rase una vez un leñador que vivía en una cabaña y se pasaba el día entero cortando leña, no volvía hasta la noche. Al regresar siempre notaba la falta de algo. Y es que cerca de la cabaña vivía un ratón, que entraba por una rendija y le robaba.

En cierta ocasión, un amigo regaló al leñador un magnífico queso. El ratoncillo, que estaba escondido, lo vio y se dijo:

—Ese queso será para mí.

Y en cuanto el leñador salió al bosque, el ratón entró en la cabaña y sacó el queso haciéndolo rodar como si fuera una rueda.

Un cuervo que contemplaba la casa desde la rama de un árbol, al verlo dijo:

—Ese queso será para mí.

Se lanzó sobre el queso y voló con él hasta posarse en la rama de otro árbol. Allí empezó a oler el queso y a pensar en el banquete que se daría con él.

Pero en esto, venía un zorro viejo por el camino y le llegó el olorcillo del queso.

—¡Qué raro! Huele a queso y no lo veo.

—Lo tengo yo —dijo el cuervo— y no pienso compartirlo.

—Estás en tu derecho —dijo el zorro, que era muy astuto—. Por cierto, tienes un bello plumaje y una bonita voz. ¿Por qué no cantas algo?

Y cuando el cuervo abrió el pico, se le cayó el queso y lo cogió el astuto zorro.

Al oír los gritos del cuervo, el leñador miró qué pasaba y vio venir al zorro con el queso. Le golpeó y el leñador recuperó su queso.

Las tres naranjas mágicas

Érase una vez un rey muy anciano que soñaba con ver a su hijo casado antes de morirse. Por eso organizaba fiestas en palacio a las que invitaba a las jóvenes más bonitas; pero al príncipe no le gustaba ninguna. Una mañana, el rey le dijo a su hijo:

—Dentro de poco tú tendrás que ser rey y necesitarás una esposa que te ayude, te quiera y te dé hijos. Así que vete y busca una mujer con la que quieras casarte.

El príncipe abandonó palacio y pasó por un bosque en el que había un naranjo con tres naranjas.
El joven las cogió y se las guardó.

Como tenía sed, sacó y partió una naranja. Ante él apareció una bella joven rubia que le pidió agua. Como no tenía, ella desapareció.

Al rato, sacó otra naranja, la partió y salió una linda pelirroja que le pidió agua. Como él no tenía, desapareció.

Desfallecido y cansado, llegó a un manantial. Bebió hasta hartarse y como tenía hambre sacó la última naranja. Al partirla apareció una linda jovencita morena que le pidió agua. El príncipe cogió agua y se la dio a beber. En ese momento se rompió el hechizo de la bruja que la había encerrado en la naranja.

El príncipe se casó con ella muy enamorado. Pronto se convirtieron en reyes y vivieron felices en palacio hasta que un día la bruja se enteró de que la joven había roto el hechizo.

La bruja se hizo pasar por vendedora de horquillas y fue a palacio.

La joven reina, que era muy confiada, le pidió una horquilla. La vendedora, en lugar de ponerle una horquilla, le clavó un alfiler con una perla blanca en la cabeza. Al instante la reina se convirtió en una paloma blanca y salió volando hacia el bosque. Allí la encontró el rey, que estaba cazando, y sin saber nada la recogió para regalársela a su amada esposa.

Cuando llegó a palacio la buscó, pero nadie la había visto salir. No apareció. El joven rey esperaba y esperaba tristemente su regreso. Y así fue pasando el tiempo. Sólo la compañía de la paloma le hacía sentirse menos solo.

Un día que estaba acariciando
la paloma, se dio cuenta de que ésta tenía
clavado un alfiler
con una perla
blanca en la
cabeza. Sintió
pena del animal
y se lo sacó.

Con gran alegría para ambos, el rey
había vuelto a romper el hechizo de
la bruja y ante sus ojos apareció su linda
esposa, que le contó lo ocurrido.

Entonces, él mandó a sus soldados que
trajeran a la bruja malvada a palacio.
Pero no fue posible, porque cuando
llegaron a su escondite, estaba ardiendo
y murió quemada.

Y colorín, colorado…

Las princesas bailarinas

En un país muy remoto, vivía un buen rey muy querido por su pueblo. Tenía doce hijas, bellísimas todas pero muy traviesas. Siempre estaban juntas y dormían en un cuarto que su padre cerraba con llave.

El rey estaba preocupado: ¿Cómo podían romper sus zapatos todos los días? Por las mañanas las princesas pedían zapatos nuevos porque los tenían destrozados.

—¡Pero si no han podido salir! —decía desesperado el rey, mientras las princesas se reían.

El rey decidió descubrir aquel secreto.

Puso un soldado
vigilando a la puerta
del dormitorio de las

princesas,
pero no dio
resultado: los
zapatos de todas
aparecían rotos sin
enterarse el vigilante
de nada. Probó con
otros jóvenes y tampoco,
todos caían vencidos
por el sueño y
no veían nada.

Hasta que un buen soldado ayudó un día a una pobre anciana y ella le contó el asunto de las doce princesas y le aconsejó:

—Antes de acostarte, las princesas te ofrecerán vino: no bebas ni una gota. Después ponte esta capa que te doy. Con ella te harás invisible.

El soldado le dio las gracias y fue a palacio. Por la noche, una de las princesas le ofreció una copa de vino al soldado, pero éste lo dejó caer sin que ella lo notara. Después se hizo el dormido. Convencidas de que dormía, se calzaron sus zapatos.

Retiraron una cama y dejaron al descubierto una trampilla con una escalera. Por ella bajaron.

El soldado, ahora invisible con la capa, las siguió tan deprisa que pisó el vestido de la última, y ésta gritó.

—¿Qué te pasa? —le preguntaron.

—Creí que me habían pisado el vestido.

La escalera conducía a un parque y a un embarcadero con doce barcas. Subieron a ellas y el soldado tomó la última junto a la princesa más joven.

—No puedo remar —se quejó ésta—. Mi barca pesa mucho.

—¡Sigue remando! —le dijeron sus hermanas.

Llegaron a la otra orilla, donde se alzaba un hermoso castillo. Allí se oía una suave música y las doce princesas se pusieron a bailar. La música era cada vez más fuerte y las princesas bailaban y bailaban...

Por fin cayeron rendidas...
¡con los zapatos destrozados!

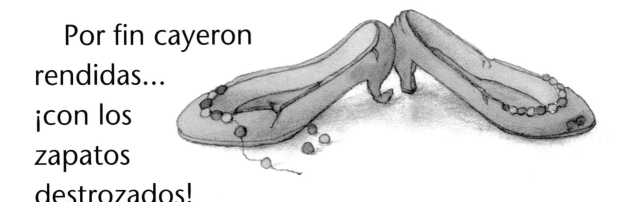

Cerca ya del amanecer, volvieron a las barcas y regresaron al dormitorio. El soldado invisible se adelantó al subir la escalera, se quitó la capa y se hizo el dormido.

Al día siguiente, el joven le contó al rey cómo rompían sus hijas los zapatos. El rey, sorprendido, hizo llamar a sus doce hijas y entre risas confesaron la verdad.

Felicitó el rey al muchacho y le ofreció a una de sus hijas como esposa. Eligió él a la menor, se celebraron las bodas y fueron muy felices.

El bufón y los peces

É rase una vez un hombre muy rico que poseía una gran fortuna y mansiones, pero siempre estaba aburrido.

Cierto día, oyó que había llegado a la ciudad uno de los mejores bufones del reino. Enseguida le invitó a cenar. El señor de la casa pensó gastarle una broma para poner a prueba su sentido del humor.

Llegada la cena, sirvieron al invitado tres pececillos y al dueño de la casa una gran merluza. El bufón cogió un pececillo y comenzó a hablarle muy bajito.

El señor de la casa le preguntó qué sucedía y el bufón, que era muy listo e ingenioso, contestó:

—Hace mucho tiempo que se marchó a la India un amigo de mi niñez y desde entonces no he sabido nada de él. Como temo que haya naufragado, he preguntado a estos pececillos si saben dónde está, pero ellos me han respondido que son demasiado jóvenes, que quizás un pez de más edad, como ese que tenéis en vuestro plato, podría darme noticias suyas.

Tanta gracia le hizo al señor de la casa la contestación de aquel hombre, que mandó que le sirvieran la gran merluza para que le informase de todos los náufragos habidos.

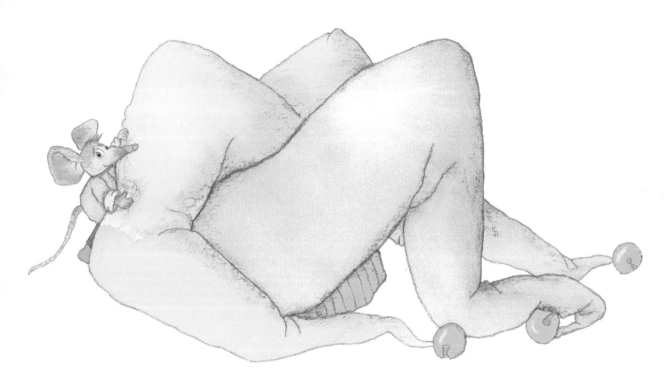

Desde aquel día nunca más se sintió aburrido aquel hombre rico, ya que compartía mesa cada noche con su inteligente y buen amigo el bufón.

El señor de la casa aprendió muchas cosas de él en estas largas conversaciones, y el bufón encontró buena comida para su hambriento estómago y un buen compañero de bromas con quien charlar de forma amena y reír.

El último juguete

Pepito ya tenía doce años. Traía siempre muchos deberes del cole y tenía que estudiar mucho.

Su padre le dijo un día:

—Se acabaron tus juegos, Pepito. Ya eres mayor. Regalarás todos tus juguetes a tus hermanos pequeños.

—¿Todos? —se asustó Pepito.

—Bueno, puedes guardar uno de recuerdo. Sólo uno.

El chico no replicó, fue al cuarto de juguetes, abrió la ventana que daba al jardín y entraron los rayos de sol.

—¿Tan mayor soy que ya no puedo jugar? —se lamentó el niño.

Miró sus juguetes, tenía muchísimos; acarició algunos: el caballo, la espada, los carros, los cromos, los disfraces…

—¡Qué pena tener que dejaros! —dijo Pepito—. Sólo puedo quedarme con uno de vosotros, pero ¿con cuál? Es difícil elegir.

Después de mucho pensar, llegó
al último juguete.

—Me quedo contigo.

Era una preciosa caja de pinturas,
pinceles, lápices…

Pepito tomó la caja entre sus
manos con cariño, bajó al jardín
y se sentó en un banco. El
pobrecillo seguía pensando
en sus otros juguetes. Al
rato una voz le sobresaltó:

—Oye, chico…

Se volvió. Desde
el otro lado de la verja
del jardín, le hablaba una
mujer de aspecto muy
pobre, con un niño
en sus brazos.

—Dame una
limosna, que mi hijo
se muere de hambre.

Pepito sintió compasión por los dos.
Y, como no tenía dinero, le dio su caja de
pinturas a la infeliz mujer diciendo:

—Tome, señora. Algo le darán por ella.

—¡Ay, no! —exclamó la mendiga—. ¡La
gente creerá que la he robado!

Don Facundo,
el padre de Pepito,
había visto
desde la
ventana la
buena acción
de su hijo y se
apresuró a salir al jardín
para decirle a la mendiga:

—No se preocupe, mujer. Acepte
la caja, que yo voy a comprársela.

Y lo hizo con un gran puñado de
monedas que sacó de una bolsa.

—¡Que Dios le bendiga! —exclamó
la señora—. ¡Y a su hijo también! Los dos
tienen buen corazón.

El padre abrazó muy fuerte a su hijo.
Luego le devolvió la caja de pinturas.

—Ten tu último juguete y guárdalo bien —dijo—. Si alguna vez se lo das a alguien, que sea para hacer una buena obra como la que acabas de hacer. Ya ves que las monedas no valen más que los buenos sentimientos.

Pasó el tiempo, Pepito terminó sus estudios y se convirtió en un famoso pintor admirado por todos. Una tarde, al abrir un cajón, encontró su casi olvidada caja de pinturas.

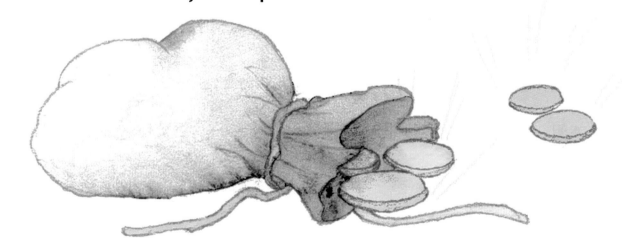

—Me traes un buen recuerdo, voy a pintarlo contigo —dijo sonriendo.

Tomó sus pinceles y se puso a trabajar con los viejos lápices de colores. El cuadro entusiasmó a los coleccionistas, pero nunca quiso venderlo. Mostraba aquella escena del jardín en la que él regalaba su querida caja de pinturas a la mendiga con su niño en brazos.

El cuadro lo tituló: «El último juguete».

Una piedra en el camino

Hace muchísimos años que sucedió esta historia.

En un lujoso castillo vivía un gran señor. Grande por su buen corazón, por su inteligencia y por la gran riqueza que poseía. Siempre estaba dispuesto a ayudar a todas las personas necesitadas de su aldea.

Al principio le visitaban aquellos que realmente tenían graves problemas, pero poco a poco notó que todos los habitantes, que por cierto eran bastante vagos, en lugar de conseguir las cosas con su esfuerzo y trabajo, se las pedían a él.

Entonces ideó un plan. Una noche mandó a sus criados que colocaran una enorme piedra en el camino de la aldea. Se escondió cerca para ver lo que ocurría.

Cuando los aldeanos la vieron al día siguiente, protestaron, pero nadie intentó apartarla. ¡Era necesario tanto esfuerzo!

Al anochecer, pasó por allí el hijo del molinero, un chico trabajador y bueno, que venía cansado después de todo un día de esfuerzos, pero al ver la piedra dijo:

—Esta piedra está en muy mal lugar. Por la noche, alguien podría pasar y tropezar por no verla. Intentaré empujarla y apartarla del camino.

Al cabo de un largo rato y mucho sudor concluyó su faena. Entonces con gran asombro vio que debajo de la piedra había una bolsa con monedas de oro y un cartel que decía: «Esta bolsa es para aquel que haya retirado la piedra del camino».

El muchacho se puso muy contento y lo fue contando a todos los aldeanos, que desde aquel día se esforzaron más, pensando, quizás, en recibir una recompensa como la del hijo del molinero. Y el señor del castillo se sintió satisfecho de ver a alguien trabajador.

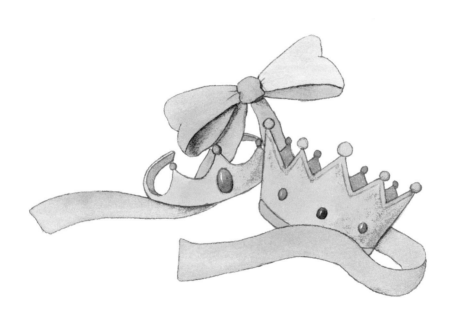